AF204219

theo hossmann

# und dann schoss die kuh
# kondensstreifen in den himmel

61 sehr kurze geschichten

© 2018 Theo Hossmann

ISBN 978-3-7439-9030-2 (Paperback)
ISBN 978-3-7439-9031-9 (Hardcover)
ISBN 978-3-7439-9032-6 (e-Book)

Umschlaggestaltung, Illustration: Theo Hossmann
Korrektorat: Jörg Querner, www.anti-fehlerteufel.de

Verlag und Druck: Buchtalent – eine Verlagsmarke der
tredition GmbH, Hamburg
www.buchtalent.de
www.tredition.de

*Meiner geliebten Mutter.*

Vorwort

Ich habe das Buch gelesen und kann es meinen Freundinnen nicht weiterempfehlen. Auch allen anderen Bekannten und Verwandten werde ich dieses Sammelsurium von unsinnigen Texten nicht ans Herz legen.

Es wird sich wahrscheinlich irgendwo irgendjemand finden, dem die literarischen Ergüsse meines Sohnes gefallen. Ich gehöre jedenfalls ganz sicher nicht dazu.

Anneliese Hossmann
(Mutter des Autors und Maturantin)

## Adam

Adam hielt nichts von Astrologie. Trotzdem las er täglich sein Horoskop in allen möglichen Zeitungen und suchte nach Gemeinsamkeiten. Fand er welche, versuchte er vehement den ganzen Tag das Horoskop der Unwahrheit zu überführen. Er machte genau das, was die Sterne nicht vorhergesagt hatten.

Wenn ihm das gelang – und es gelang ihm oft –, griff er zum Telefonhörer und rief in den diversen Redaktionen an. Adam war dort schon bekannt und alles andere als beliebt. Schließlich beschrieb er jedem Gesprächspartner seinen Tagesablauf bis ins kleinste Detail – oft wurde in den Redaktionen der Telefonhörer einfach zur Seite gelegt und Adam reden gelassen. Einige jüngere Mitarbeiter hatten auch schon aufgelegt, was aber keine gute Idee war. Denn Adam ließ sich nicht abwimmeln, rief wieder an und fing beim neuen Telefonat mit seiner Geschichte wieder ganz von vorne an. Das war also für die Redakteure kein Zeitgewinn, sondern zog die unangenehme Angelegenheit nur in die Länge.

Adam kam deshalb auf die schwarzen Listen aller Zeitungen und erhielt keine Abos, also besorgte er sich die

Druckwerke am Kiosk. Das ging so lange, bis alle Kioske im Umkreis von Adams Wohnung nicht mehr von den Zeitungsverlagen beliefert wurden. Als den Zeitungen auch das nichts half, Adam kannte jede Zeitungsquelle der Stadt, nahmen die Verlage einfach die Horoskope aus den Blättern. Damit war endgültig Schluss mit den Telefonanrufen.

Adam fiel in ein emotionales Loch, von dem er sich erst nach seinem Tod befreien konnte. Seine Todesanzeige stand in allen Zeitungen.

Am Ende

Mein Leben lang also lebenslänglich hatte ich mir ein
Pferd gewünscht und nun da ich tot bin kann mir dieser
Wunsch nicht mehr erfüllt werden da nichts unerfüll-
barer ist als der Wunsch eines toten Mannes der nicht
einmal als Lebender dazu fähig war sich seinen Traum
zu erfüllen und ich bin nun einer von dieser Sorte die
regungslos im Boden liegend von den Würmern zer-
fressen werden und darauf hoffen dass dies doch mög-
lichst bald ein Ende haben werde wobei gedacht wurde
dass dies bereits das Ende sei was jedoch unmöglich ist
da ein Mensch mit einem Wunsch im Herzen niemals
am Ende sein kann.

## Blumentöpfe

„Gibt's hier keine Blumentöpfe?", herrschte der Kaktus den betrunkenen Schankburschen an. Das wasserscheue Gewächs hockte an der Bar und wollte sich in einen geräumigen Blumentopf zurückziehen, um ein wenig über die politische Situation in Kapfing nachzudenken. Kapfing hatte es in die Schlagzeilen der regionalen Wochenzeitungen geschafft, nachdem die Dorfversammlung ein Diskussionsverbot in sämtlichen Holzschuppen der Gemeinde erlassen hatte. Auslöser waren die nicht enden wollenden Auseinandersetzungen zwischen dem störrischen Esel und dem rechthaberischen Ochsen, die immer weiter eskalierten und bereits zu Gewalttätigkeiten führten. Um dies zu unterbinden, ohne den beiden Beteiligten einen offiziellen Maulkorb zu verpassen, wurde dieses generelle Diskussionsverbot eingeführt.

Die Maßnahme war zwar ungewöhnlich, wäre jedoch kein Auslöser einer politischen Dorfkrise gewesen – wenn nicht die Dorfversammlung selbst regelmäßig in einem Holzschuppen tagen würde. Es gab nun allerlei Rechtsauffassungen: War der Beschluss gültig? War er rechtswidrig? Kam er der Auflösung der Dorfversammlung gleich? Konnte man ihn rückgängig machen?

Wenn ja, wie? Et cetera. Da sich der Kaktus den Ruf eines trockenen Pragmatikers erworben hatte, wurde er nun in dieser Situation zu Hilfe gerufen.

Bevor er über dieses politische Tohuwabohu nachdenken wollte, genehmigte er sich einen Tropfen Hochprozentigen an der Bar des Fliesenhändlers. Der Fliesenhändler war der einzige Dorfbewohner, der Alkohol ausschenken durfte. Und der Schankbursche war der Einzige, der regelmäßig mehr Alkohol trank als er vertrug. Deshalb war er öfter als angemessen während seiner Schanktätigkeit indisponiert und nicht fähig, die Wünsche seiner Gäste zu erfüllen.

Ohne Blumentopf konnte sich der Kaktus nicht in seine Gedanken vertiefen, so viel war sicher. Ebenso sicher war, dass der Schankbursche in seinem Rausch alle Blumentöpfe zerschlagen hatte. Vom Kaktus konnte unter diesen Voraussetzungen also kein Ratschlag erwartet werden, darüber waren sich die Beobachter einig.

Die politische Krise in Kapfing wurde schließlich vom Metzger gelöst, der Ochse und Esel schlachtete und zu Wurst verarbeitete. Das Diskussionsverbot wurde aufgehoben.

# Brandheiß

Der brandgefährliche Torjäger der Hinterstoderer konnte von der unsicheren Vorderstoderer Hintermannschaft kaum in den Griff gebracht werden und entfachte quasi im Alleingang einen Flächenbrand im Strafraum der Vorderstoderer, der auf den Hinterstoderer Fansektor übergriff und bei den Fans zahlreiche Verbrennungen unbestimmten Grades verursachte. Die verletzten Zuschauer wurden auf die umliegenden Krankenhäuser aufgeteilt.

## Dreifach

Das ultimative Duell der schnellen Finger sollte zwischen Gerry Larry und Steve de Lur entschieden werden. Keiner der beiden wollte den Anderen verfehlen, weshalb beide ungewöhnlich lange warteten, um ihren Colt zu zücken. Diese lange Wartezeit nützte ein unbekannter Langfinger, um den beiden Kontrahenten die Waffen aus ihren Halftern zu entwenden und sie auf einem Flohmarkt feilzubieten. Gerry Larry kaufte sich beide Colts und erschoss Steve de Lur darauf doppelt und dreifach.

## Eiche

„Sie finden mich nicht", freute sich Dieter Weller auf einer Silbertanne sitzend. Beim Spiel Räumer und Gendarm hatte keiner der Gendarmen ihn gefunden, was dazu führte, dass nun echte und keine falschen Gendarmen nach Dieter suchten. Da er das aber nicht wusste, versteckte er sich weitere drei Jahrzehnte lang auf der Silbertanne. Dieter Weller hielt das Altern seiner Spielkameraden und den sich ändernden Kleidungsstil für eine geschickte Finte, um ihn endlich aus seinem Versteck zu locken. Als er eines Tages tot vom Baum fiel, wurde er endlich gefunden und auf der Stelle begraben. Mit einem Schweizermesser schnitzte der Totengräber „Didi, die Eiche" in die Rinde der Silbertanne. Das hatte er sich verdient.

## Einbildung

Der Nachtwächter war sich nicht mehr sicher, ob er tatsächlich ein Geräusch gehört hatte oder Opfer seiner Einbildung war, die ihm seit jenem Vorfall des Öfteren einen Streich spielte. Bei jenem Vorfall hatte der Nachtwächter ein Geräusch gehört und dieses auf seine Einbildung geschoben. Kurz nach dem Geräusch, das sich der Nachtwächter offensichtlich nicht eingebildet hatte, wurde eine kaum angebrannte Kerze am Grabstein des verblichenen Oberbürgermeisters entwendet. Der Nachtwächter bildete sich seither nicht mehr ein, dieses Verbrechen nicht verhindern hätte zu können.

# Entgleisung

„Die Zeit der klugen Sprüche ist bald vorbei", dachte sich Moser, der Fahrer des Bankdirektors, an der Kreuzung stehend. Wobei sich der Zustand des Stehens auf sein Fahrzeug bezog und nicht auf ihn – den sitzenden Lenker desselben. Im Fond übte sich Direktor Nolle in Durchhalteparolen auf Kalenderspruchnivau, die er bei der Generalversammlung zum Besten geben wollte. Der Zustand der Bank ließ sich in zwei Worten zusammenfassen: Am Ende. Was beide nicht wussten: In einer Minute sollte eine aus den Schienen geratene Straßenbahn das Fahrzeug der beiden seitlich erfassen und ihnen ein Direktfahrticket ins städtische Krankenhaus bescheren. Diese Entgleisung verschaffte dem Direktor etwas Zeit für das Erdenken weiterer Parolen, bewahrte ihn aber nicht vor dem Rauswurf. Moser hatte nach dem Unfall auf Straßenbahnfahrer umgesattelt und fuhr während seines restlichen Lebens kein einziges Auto über den Haufen. Den mittlerweile ehemaligen Bankdirektor chauffierte er unwissentlich weiterhin regelmäßig.

Erben

Der Großstadtdschungel der Hauptstadt hatte wieder ein Opfer gefordert. Der moralisch rechtmäßige Erbe der Radetzky-Millionen war plötzlich unauffindbar. Nach der bedächtigen Einnahme eines gepflegten Gabelfrühstücks wurde er noch einmal an einem feindlichen Kiosk gesehen, danach verlor sich seine Spur in den dunklen Seitengassen des westlichen Distriktes. Der moralisch rechtmäßige Erbe – kurz: Nicht-Erbe – war pleite, da die moralisch unrechtmäßigen Erben – kurz: Erben – das geänderte Testament des alten Radetzky den Flammen eines Kaminfeuers zum Fraß vorgeworfen hatten. Der Nicht-Erbe hatte gerichtlich gegen die Erben angekämpft, das Gerichtsurteil machte ihn jedoch nur zum moralischen Sieger. Seither führte er einen Feldzug gegen die Kiosk-Kette der Radetzky-Erben, in dem er allen Zeitungen und Magazinen in den Radetzky-Kiosken unübersehbare Eselsohren zufügte. Ein wirtschaftlicher Schaden für die Erben war nicht nachweisbar, aber der Nicht-Erbe hatte sich mächtige Feinde gemacht. Die Polizei wollte aus diesem Grund ein Verbrechen nicht ausschließen.

## Erstkommunion

Während der Erstkommunion war die Aufregung groß, nicht nur bei Pfarrer, Messdiener und Ministranten, sondern vor allem und in erster Linie auch bei den Erstkommunionsanwärtern. So ist es nicht verwunderlich, dass Franz Gruber während der Zeremonie vor lauter Nervosität seine Steireranzughose von innen nässte. Dieses Malheur wäre zwar peinlich, aber für die Zeremonie nicht weiter störend gewesen, wenn nicht gerade Franz Gruber für das Lesen der Fürbitten vorgesehen gewesen wäre. Denn das Verlesen der Fürbitten verlangte das Heraustreten Grubers aus der Menge der Erstkommunionsanwärter und dessen Vorschreiten zur Kanzel. Mit einer vollgepinkelten Steireranzughose war das nicht möglich, so viel stand fest. Franz Gruber löste das Problem, indem er seine Augen schloss und sich von Scottie wegbeamen ließ.

## Ex-Staatsdiener

„Gemma, Gemma", fauchte der weißhaarige Esel den pensionierten Beamten an. Wimmer, so der Name des ehemaligen Staatsbediensteten, hatte gehörigen Respekt vor dem Vierbeiner. Immerhin hatte dieser ihm vor einer Woche drei Vorderzähne ausgeschlagen, was wohl genug Grund für Respekt ist. Auf der mit Elektrodraht eingezäunten Weide wollte Wimmer allein sein. Allein war er aber schon auf Grund seiner Umgebung: Ein Ex-Beamter unter 1850 Zuchtschweinen fiel auf wie eine taube Nuss unter einem Dutzend feuchter Maroni und hatte keine Freunde unter den Rüsseltieren. Wimmer fand jedenfalls eine Ecke, wo er in Ruhe nachdenken konnte. Er dachte an seine Zeit im Dienstzimmer und wie er noch für den Herrn Amtsrat dringende Dienste erledigte. Diese Zeiten sind jedenfalls vorbei, wie er sich im immer schlimmer werdenden Schweinegeruch eingestehen musste. Ohne Vorderzähne würde er sicher keine dringlichen Aufgaben erfüllen dürfen, dachte sich Wimmer wehmütig.

Der Esel hatte Wimmer während dieser Gedanken genau im Blick und ließ ihn nicht aus den Augen. Auch wenn sich der Vierbeiner keine Sorgen darüber machte, dass Wimmer ausbüchsen könnte. Ein pensionierter Beamter würde ihn nie überlisten können, war sich der Esel sicher. Und er sollte Recht behalten.

## Fabelhaft

So richtig gewillt war der zufällig anwesende Rettungs-
schwimmer Rock nicht, aber es musste wohl sein. Wer
sonst wäre dafür geeignet, das wie verrückt wiehernde
Einhorn aus der Jauchegrube zu befreien. Der schwer-
gewichtige Bauer mit seinen abgetragenen Gummistie-
feln war dazu jedenfalls nicht in der Lage, das war ihm
klar. Der füllige Landwirt schien überhaupt kein Inte-
resse an der Rettung des Tieres – oder besser: Fabelwe-
sens – zu haben. Er kaute an einem Grashalm und
blickte abwechselnd auf das Einhorn und den Rettungs-
schwimmer. Wäre eine seiner Milchkühe in die Grube
gefallen, sähe die Sache anders aus, war sich Rock sicher. Aber so hatte der Bauer nichts zu verlieren, denn
das Einhorn gehörte ihm nicht und würde wohl auch
nach einer eventuellen Rettung nicht auf seinem Hof
bleiben und arbeiten wollen.

Rock schnappte sich also seine Boje und sprang in die
bestialisch stinkende Brühe. Als er das Tier – oder besser: Fabelwesen – erreichte, band er dem Einhorn die
Rettungsboje um. Wie sich allerdings rasch heraus-
stellte, war das Rettungsgerät für das Tier – oder besser:
Sie wissen schon – zu klein dimensioniert, es drohte
trotz Boje unterzugehen und sich gleichzeitig daran zu

strangulieren. Rock und das Einhorn wurden panisch. Der Bauer beobachtete das Schauspiel und kaute weiter an seinem Grashalm. Schließlich bewegte er sich gemächlich zu einem Hebel und legte ihn um.

Es begann zu gluckern und innerhalb weniger Minuten war die Grube leer. Der Verlust des natürlichen Düngers schien ihm nahezugehen, also öffnete der Landwirt eine Flasche Korn und trank sie in einem einzigen Zug aus. Rock, der mühsam aus der leeren Grube geklettert war, hätte auch gern einen Schluck genommen, aber die Flasche war genauso leer wie die Jauchegrube. Das Einhorn war übrigens weg, offenbar war es nichts weiter als eine fabelhafte Illusion.

# Fast geschlossen

Der Trödlerladen in der Hinterstätterstraße war eigentlich schon geschlossen, als James kurz nach 18 Uhr noch durch die Eingangstür schlüpfte. Herr Brass hatte keine so rechte Freude mit dem späten Besucher, er wollte lieber ins Pub gehen, als einem unbekannten, bärtigen Mann ohne Gewissheit auf Umsatz Aufmerksamkeit und Zeit zu schenken. Seiner Erfahrung nach sind Erstbesucher in den seltensten Fällen lukrative Kunden.

Aber James wusste, was er wollte: „Rosenkränze. Ich suche alte Rosenkränze", ließ er Herrn Brass wissen. „Da bist du hier an der falschen Adresse, Bürschchen", fauchte ihn der Trödler an. „Ich scheiss auf Rosenkränze und auf alle, die sie in Händen halten, scheiss ich noch mal extra!" James spuckte auf den Tresen und ließ Brass seine mächtige Faust küssen. Der Kuss, wenn man den mächtigen, linken Aufwärtshaken tatsächlich so nennen will, kostete Brass drei Zähne und brachte ihm die schmerzhafte Erkenntnis, auch nach Ladenschluss zu Erstbesuchern freundlich zu sein.

Felder

„Diese Genesungswünsche triefen ja geradezu vor Scheinheiligkeit", dachte sich Felder im Krankenhaus liegend. Sein angeblich langjähriger Banknachbar aus Schulzeiten hatte ihm eine Karte gesendet, von deren Inhalt Felder ganz und gar nicht begeistert war. Es war die Rede von der gemeinsamen Schulzeit, an die sich Felder beim besten Willen nicht erinnern konnte. Im Grunde konnte sich Felder an gar nichts mehr erinnern, was vor seinem Unfall lag. Er war demzufolge felsenfest davon überzeugt, nie eine Schule oder eine ähnliche Institution besucht zu haben.

Als der Oberarzt des Krankenhauses, ein weißbärtiger Ziegenbock, zur üblichen Morgenvisite kam, brachte er Felder eine weitere Nachricht, mit der dieser nichts anfangen konnte. „Eine Brieftaube behauptet, von Ihnen schwanger zu sein", sagte der Oberarzt. Er hätte nie eine Brieftaube gekannt, behauptete daraufhin Felder, von gemeinsamem Geschlechtsverkehr ganz zu schweigen. Es war dem Arzt bewusst, dass Felder diese Vaterschaft nicht aus Berechnung abstritt, sondern sich wirklich an nichts erinnern konnte, was vor seinem Unfall lag. Also versuchte er erst gar nicht, auf den Patienten weiter einzureden. „Sie werden für ihre Nachkommen sorgen müssen", sagte er noch, um dann den Raum zu verlassen.

Felder versuchte angestrengt, sich an Bruchstücke seiner Vergangenheit zu erinnern. Was musste er für ein Leben geführt haben, dachte er sich. Unweigerlich musste er an die Brieftaube denken, die angeblich von ihm schwanger sein sollte. Er dachte nicht daran, sich am Brutvorgang zu beteiligen, schließlich hatte er Wichtigeres vor. In einem günstigen Augenblick schlich er sich aus seinem Zimmer und hoppelte auf die Straße. Es war eine Woche vor Ostern.

# Fell

„Ein Fell ist kein Kleid", sagt Clara laut zu ihrer Mutter, die ihr ein stinkendes Katzenfell aus dem Fundus der Großeltern als neues Puppenkleid präsentierte, „und ein Rosenkranz ist auch keine Perlenkette." Ihre Mutter wollte zwei Fliegen mit einer Klappe schlagen: Den alten Trödel ihrer Eltern entsorgen und das Jammern ihrer Tochter abstellen. Der Plan funktionierte aber nicht wie gedacht. Clara war so sauer, dass sie das Katzenfell in die Toilette warf und hinunterspülte. Das Fell verstopfte den Abfluss und es kam zu einer Riesenüberschwemmung, weil sich die Spülung nicht stoppen ließ. Es dauerte nicht lange, bis das komplette Erdgeschoss einen halben Meter hoch im Wasser stand. Und es war kein Ende der Flut in Sicht.

„Jetzt hilft nur noch beten", sprach die Mutter, griff sich den Rosenkranz und begann inbrünstig zur Heiligen Dreifaltigkeit samt Mutter Gottes zu flehen. Einen Augenblick später riss ihr Clara den Rosenkranz aus der Hand und schrie: „Eine Perlenkette ist kein Rosenkranz!" Die Mutter wusste nicht, ob sie lachen oder weinen sollte, und tat deshalb beides.

Fragen

„Gibt's in dieser Bar auch Kirschkuchen?", fragte der Pudel den bereits zornigen Schiffskapitän. Der alte Seebär mit dem gegerbten Gesicht hatte die ewige Fragerei mittlerweile satt. Er hatte den Vierbeiner auf einer Kreuzung aufgegabelt und ist ihn seither nicht mehr losgeworden. Der Pudel stellte seither Frage um Frage, bis der Kapitän beschloss, sich in einer Seemannskneipe den einen oder anderen Schnaps hinter die Kiemen zu kippen, um die ewige Fragerei besser ertragen zu können. Ob es Kuchen oder Hundekekse gab, ging ihm an seiner geflickten Seemannshose vorbei. Nach dem siebten Schnaps hörte er die hündischen Fragen nur mehr ganz leise wie durch einen Schalldämpfer.

Der Hund ließ in seiner penetranten Wissensbegierde keinen Deut nach, merkte aber nicht, dass er nicht mehr in die verkrusteten Gehirnwindungen des Kapitäns vordrang. Als er, der Seebär war mittlerweile sturzbetrunken, einen leisen diesbezüglichen Verdacht schöpfte, hielt er kurz inne. Dann bellte er dem Kapitän in dessen rechtes Ohr, dass es diesen regelrecht von seinem Barhocker riss. Die Trunkenheit war kurzfristig wie weggeblasen. Der Seemann riss die Augen auf, fixierte den Pudel mit einem stechenden Blick, ballte seine riesige Pranke zu einer furchteinflößenden Faust und führte diese mit Wucht in des Pudels Kern. Und es herrschte Stille.

## Frau Gerber

„Ich war nicht Herrin meiner Sinne", rechtfertigte sich Frau Gerber vor sich selbst, als sie von der unglaublichen Tat des soeben Verblichenen hörte. Sie konnte es noch immer nicht fassen, dass sie einem wie ihm fast erlegen wäre. Nur ein Haar hätte gefehlt und sie hätte ihren Wellensittich verlassen und sich ihm an den Hals geworfen. Hals über Kopf. In der damaligen Situation hätte sie für ihn alles getan und alles gegeben. Und nun das. „Ich hätte niemals geahnt, dass er zu einer derartigen Tat, zu einer derartigen Schandtat, fähig ist", schüttelte Frau Gerber ungläubig den Kopf. Grußlos hoben die Bestattungsmitarbeiter die Leiche in den Sarg und verluden diesen in den Leichenwagen. Frau Gerber sah dem fortfahrenden Wagen lange nach. „Fahr zur Hölle, du Sau", dachte sie, sagte es aber nicht. Sie musste nun Futter für ihren Wellensittich kaufen.

## Gebäck

Der Bäcker hatte zittrige Hände. Was er gesehen hatte, nahm ihn mehr mit, als er sich zuerst eingestehen wollte. Weder Brezeln noch Mohnflesserln noch Handsemmeln wollten ihm gelingen. Er nahm einen Schluck vom Zirbengeist und atmete tief durch. Es wurde etwas besser, auch wenn seine heutigen Gebäckskreationen immer noch aussahen, als seien sie von einem einarmigen Dilettanten am Morgen nach einer durchzechten Nacht verbrochen worden. Ein zweiter Schluck half und langsam kehrte Ruhe in seinen mächtigen Körper ein. Als er darüber nachdachte, erschien es ihm geradezu lächerlich, wegen dieser Wahrnehmung so aus dem Lot gekommen zu sein. Er nahm noch einen Schluck und begann sich über sich selbst zu ärgern. Die Brezeln, Mohnflesserln und Handsemmeln wurden dadurch nicht schöner.

Als seine Frau die Backstube betrat, um die ofenfrische Ware in den Lieferwagen zu bringen, traute sie ihren Augen nicht: bis zur Unkenntlichkeit verformte Backwaren und ein sturzbetrunkener Ehemann. Sie stieß einen leisen Fluch aus und fuhr mit dem Lieferwagen der Morgensonne entgegen. Ohne Gebäck und ohne Ziel.

## Geheim

Das Versteck des lettischen Geheimagenten war derart geheim, dass er selbst nicht wusste, wo er sich befand. Er glaubte sich daran erinnern zu können, in das Ohr eines ergrauten Pfaues eingestiegen zu sein, und der Ort, an dem er sich befand, sah verdammt nach Pfauen-Kleinhirn aus. Er schien sich also recht zu entsinnen. Stutzig machte ihn die Tatsache, dass beim Ermitteln seiner Koordinaten etwas nicht mit rechten Dingen zuzugehen schien. Die Standortdaten änderten sich derart schnell, dass er es nicht mit einem gewöhnlichen Pfau im Dauerlauf zu tun haben konnte, so viel war ihm klar.

Der Agent ahnte nicht, dass sich das ehemals farbenprächtige Federvieh im Schleudersitz eines russischen Kampfbombers befand, der in 4.000 m Seehöhe den Himmel in Überschallgeschwindigkeit querte. Als er zum vereinbarten Zeitpunkt die Zentrale per Satellitentelefon über seine Position zu informieren hatte, wusste er nicht recht, was er sagen sollte. Also gab er keine Koordinaten durch, sondern teilte seiner Gesprächspartnerin mit, dass er sich hinter einem Pfauenauge befände und auf weitere Instruktionen warte.

Der Funkkontakt riss plötzlich ab, als der russische Bomber mit einem Kranich im Höhenrausch kollidierte und in Flammen aufging. Weder der Agent noch der Pfau hatten einen Fallschirm umgeschnallt.

Gelöst

Am Tag der Massenhinrichtung war der Bürgermeister froh. Er hatte es nun doch geschafft, eine Lösung für die ausufernde Einwohnerzahl in seiner Stadt zu finden. Monatelang hatte er sich den Kopf zerbrochen, wie er dieser verfahrenen Situation Herr werden könnte. Seine Gedanken wanderten von Massensterilisierungen über Zwangsabtreibungen hin zu Ausweisungen und wieder zurück und noch auf vielen anderen Irrwegen. Schließlich entschied er sich aber dann doch für das Köpfen der Hälfte der Bevölkerung, da diese Vorgehensweise den geringsten Aufwand für seinen Beamtenapparat verursachte. Die Bevölkerung sprach von einer kopflosen Entscheidung.

## Geschüttelt

„Hat das Kind schon einen Namen?", frage Alfred die Mutter des Neugeborenen, um ein harmloses Gespräch zu beginnen. Die Frau schüttelte im Krankenhausbett liegend entschieden den Kopf, das Baby lag neben ihr: „Nein, es wird auch keinen bekommen. Mein Mann und ich finden diese Namensgeberei ziemlich affektiert und unnötig. Wir haben es deshalb vorgezogen unsere Kinder einfach zu nummerieren. Das Kind hier ist Nr. 3, der ältere Bruder ist Nr. 1 und die Schwester Nr. 2". Alfred machte große Augen und meinte mit einem verlegenen Lächeln: „Ihre Kinder sind mit einer wirklich außergewöhnlichen Mutter gesegnet." Dann verließ er den Raum, um kopfschüttelnd seine Gedanken zu ordnen. Nur kurze Zeit später kehrte er ins Zimmer zurück, um noch eine Frage loszuwerden: Würden denn ihre Kinder zu ihr und ihrem Mann Mama und Papa sagen, fragte er sie. Die Frau verneinte energisch und antwortete: „Natürlich nicht, ich bin Römisch 1 und mein Mann ist Römisch 2."

Alfred verließ wortlos den Raum und schüttelte im Gang den Kopf, wie er ihn in seinem Leben noch nie geschüttelt hatte.

## Gesetzlos

Auf der Insel ohne Gesetze fühlte sich Franz Lehner sichtlich wohl. Jeder tat, was er wollte, und was er wollte, tat auch Franz Lehner. Er hatte diese Reise über ein exklusives Flensburger Reisebüro gebucht, welches auf außergewöhnliche Destinationen spezialisiert ist. Franz Lehner tat also, was er wollte und was er im Urlaub immer tat, nämlich nichts. Das hätte er auch billiger haben können, aber das hatte ihm keiner gesagt.

Glas

Beim lautstarken Zerbersten der kunstvoll gefertigten Fensterscheibe dachte der Glaser augenblicklich an seine Mutter. Sie hatte ihm als Kind die Ohren lang gezogen, weil er mit seinem blond gelockten Bubenkopf gegen eine Glastür gerannt war und diese wie ein Rammbock durchbrochen hatte. Seine Mutter hatte ihn weder vorher noch nachher geschlagen, aber dieses eine Mal hatte sie die Hand gegen ihn erhoben und das vergaß er nicht. Psychotherapeuten würden dieses Ereignis wohl als unterbewusste Motivation sehen, warum er eine Glaserlehre begann und sich mit jenem, für ihn doppelt schmerzauslösenden Material beschäftigte. Als die Scherben der Fensterscheibe am Boden lagen, zog er sich wie jedes Mal in solchen Situationen selbst die Ohren lang. Einer Karriere als Osterhase stand bald nichts mehr im Weg.

# Gott

Mit der ihm eigenen Lässigkeit betrat Thomas Gottschalk das Schuhparadies in Amstetten. Eine Locken-
tournee hatte ihn in dieses idyllische niederösterreichi-
sche Städtchen gebracht. Amstetten ist bekannt dafür,
von zwei Autobahnabfahrten aus gut erreichbar zu
sein, Amstetten Ost und Amstetten West, die gefühlte
100 km voneinander entfernt liegen. Außenstehende
würden eine Mexiko-City-gleiche Metropole vermuten
und nicht ein Provinzstädtchen, dessen Attraktion das
Schuhparadies am Hauptplatz war. Diese Sehenswür-
digkeit wurde nun von einer anderen, blond gelockten
Attraktion in Besitz genommen. Beider gemeinsamer
Strahlkraft schien fast zu groß für diesen Ort. Der TV-
Star, nennen wir ihn der Einfachheit halber nur Star,
ließ seinen Blick durch das Paradies schweifen. Er lächelte, weil er ahnte, hier das gesuchte Produkt für
seine Füße zu finden. Eine Schuhfachverkäuferin mit,
wie könnte es anders sein, prächtiger Lockenpracht am
Haupt entdeckte den Star, wie wir ihn jetzt nennen dürfen, und eilte zu ihm hin. Seine Ausstrahlung blendete
sie und als sie vor ihm stand, entdeckte sie es deutlich:
Über Thomas Gottschalks Haupt schwebte ein Heili-
genschein. Die Teilzeitangestellte, in der Freizeit Voll-
blutkatholikin, fiel auf die Knie und küsste dem Star die

Füße beziehungsweise Schuhe, die er noch immer trug. „Was kann ich für Sie tun, Meister?", fragte sie ihn. Gottschalk deutete ihr mit seiner rechten Hand, sie versuchte erfolglos Wundmale zu erspähen, sich zu erheben. Er brauche dringend Einlagen gegen Schweißfüße, bat er sie. Da nahm auch sie den stechenden Geruch wahr, der von seinen Füßen ausging und nun auch an ihren Lippen haftete. Sie holte gleich drei Doppelpackungen Schweißfußeinlagen vom Lager und reichte sie dem Star. Er schien sich zu freuen und verschwand auf unerklärliche Weise.

Das gelockte Wunder im Paradies hatte vor ihren Augen stattgefunden und gilt bis heute als göttliche Verlockung.

## Hengst

Der Mann, den sie Hengst nannten, wollte Norbert nach Hause fahren. Nach wenigen Metern entschieden sie aber, noch auf einen Drink in die nächste Bar zu fahren. Wie es vorauszusehen war, blieb es nicht bei einem Drink. Die beiden kippten sich jeweils dreizehn doppelte Cola-Rum hinter die Ohren. Hengst begann zu lallen, Norbert sah sich mittlerweile zwei Hengsten gegenüber. Auf einmal ertönte ein ohrenbetäubender Lärm, ein LKW durchbrach die Mauer und stand mitten in der Bar. Aus der Fahrerkabine erklang Marschmusik und eine ganze Schulklasse kletterte aus der Ladefläche des verbeulten Fahrzeugs. Es waren 19 Kinder und zwei Erwachsene, die in gelben Hosenanzügen pfeifend aus dem LKW stiegen. Als sie Hengst sahen, brachen mehrere Schüler in Tränen aus. Die anderen lachten. Oder umgekehrt. Oder auch nicht.

## Herz ist Trumpf

Wieselflink schleppte sich das ohnmächtige Einhorn in die Mördergrube der Herzdame und stieß mit letzter Kraft sein Horn in die rechte Herzkammer der Kronenträgerin. Ein gellender Schrei erfüllte die Gaststube des gut besuchten Landwirtshauses und sämtliche Gläser zersprangen in tausend und eine Scherben. Die Mitglieder des Motorradstammtisches waren froh, dass sie ihr Bier in Steinkrügen serviert bekamen, und ließen die Wirtin deshalb hochleben.

# Igor

Igor, ein russisch-stämmiger Rossknecht aus Epfenhofen, wird langsam, aber sicher ungeduldig. Mittlerweile hat er sogar schon begonnen seine Zehennägel zu stutzen, was er üblicherweise nur am Heiligen Abend und vor dem ersten Match des Jahres macht. Nervös klopft er mit seinem rechten Fuß im Sekundentakt, währenddessen er die Zehennägel des linken mit Hammer und Sichel bearbeitet. Igor ist Epfenhofens einziger Kommunist und stolz darauf. Trotzdem kann ihn heute nicht einmal mehr das Poster des bärtigen Gründers der Sowjetunion beruhigen, das vor ihm hängt. Auch wenn ihn Lenin noch so milde anlächelt, steigt sein Erregungszustand. „Er muss ja bald kommen", denkt er sich und beginnt, die Nägel seines rechten Fußes zu bearbeiten. Der linke Fuß kommt immer vor dem rechten, das ist für Igor selbstverständlich. Endlich bringt Bubi die Prawda von letzter Woche. „Was soll das?", schreit Seppo. „Gibt es in ganz Epfenhofen kein Klopapier?"

## Im Ohrensessel

„Kannst du mir bitte meine Löffel mit Butter einrei-
ben?", sagte der Hase zu seiner Frau, der Suppenköchin. Er saß bequem in seinem Ohrensessel und ließ die
arme Frau in der Küche schuften. „Du musst doch Butter in der Küche haben", setzte er im Ohrensessel sitzend nach. „Ich habe alle Hände voll zu tun, dir deine
Karotten-Torte zu machen, und du fragst nach einer
Buttermassage?", antwortete die Suppenköchin ver-
zweifelt. „Meine Liebe", sagte der Hase, „ich habe dich
nicht nach einer Massage, sondern lediglich nach einer
Ohreneinreibung gefragt. Das sollte man doch von seiner Gattin erwarten können." „Du treibst es noch so
weit, dass ich die Scheidung einreiche", sagte die Frau.
„Ha ha, ich lach mich tot", antwortete der Hase und
starb augenblicklich, als er den Satz beendet hatte. Die
Frau freute sich, die Butter gespart zu haben.

Karst

Rudolf kannte kein Erbarmen. Kein einziges seiner 1.258 Urlaubsfotos wollte er seinen Gästen vorenthalten. Nach zwei Stunden machte sich erstmals Unruhe in den Reihen der Gäste breit. Doch es war erst ein Bruchteil der Fotos betrachtet und Rudolf bemerkte die sinkende Aufmerksamkeit seines Publikums nicht. Konzentriert wie von der ersten Minute an nahm er Dia um Dia und gab es in die Runde. Weil der Diaprojektor defekt war, mussten die Gäste die Dias vor ihre Augen halten und versuchen, die feinen Unterschiede in den Aufnahmen der kroatischen Karstlandschaft zu entdecken. Rudolf bemerkte natürlich auch nicht, dass das Känguru jedes zweite Dia in seinem Beutel verschwinden ließ, anstatt es zu betrachten. Und ihm entging auch, dass der Fahrschullehrer mehr und mehr Karsterinnerungen einfach in den Mund steckte und runterschluckte. Nach drei weiteren Stunden bekam der Fahrschullehrer Bauchschmerzen und übergab sich lautstark auf dem Weg zum WC. Das Känguru nutzte die Gelegenheit und verschwand mit dem Bauchleidenden. Die beiden, die heimlich ein Paar waren, sprachen nie über diesen Abend – es war zu schmerzhaft.

# Keine Tränen

„Ich weine meinem hart verdienten Geld keine Träne nach", gestand Willi dem Bäcker seines Vertrauens. Der mit Mehl bestäubte, klein gewachsene Tiroler Bäckermeister sah Willi prüfend an, sagte aber kein Wort. „Jeder Euro war gut investiert und auch jeder Schilling zuvor war es wert. Natürlich denkt man sich öfter als einem lieb ist, ob man vielleicht sein Geld hätte anders einsetzen können, mehr dafür hätte bekommen können. Ob man seine Scheine und Münzen zu einem anderen hätte tragen sollen, ob man dort besser bedient worden wäre. Ob man öfter als hier ein freundliches Wort zu hören bekommen hätte. Aber im Grunde war ich mit der Qualität deines Gebäckes immer zufrieden. Gib mir zwei Semmeln und einen Kornspitz, ich schreibe wie immer an und zahle bei Gelegenheit." Der Bäcker schrieb den fälligen Betrag auf in sein Schuldnerbuch und war sich sicher, nie einen Cent davon zu sehen.

# Kino

Das Huhn wollte nicht verstehen, dass ihm der junge Mann an der Kinokasse keine Karte verkaufen wollte. Es war eine halbe Stunde in der Schlange gestanden und alle vor ihm hatten anstandslos ein Ticket für den Film erstehen können. Wahrscheinlich hätte sich das Huhn in den Saal schmuggeln können, wenn es zwischen den Beinen der Kinobesucher Deckung gesucht hätte. Aber es wollte es drauf ankommen lassen und hatte sich extra vorher auf unkonventionelle Weise Bargeld besorgt. Es gingen sich sogar locker Popcorn und Cola aus, rechnete das Huhn überschlagsmäßig in seinem kleinen Köpfchen. Die Diskussion mit dem jungen Mann dauerte schon lange, aber das Huhn wollte nicht klein beigeben. Aber auch der Schalter-Mitarbeiter hatte keine Lust, den Kinosaal in einen Hühnerstall zu verwandeln. Als die Situation zu eskalieren drohte und das Huhn dem jungen Mann Gewalt androhte, kam die Polizei und verhaftete das Huhn wegen Raubüberfalls auf eine Trafik nahe des Kinos.

## Knoten

Karl Demiere hatte schon lange darauf gewartet, dem Zuchtstier des Bauern den Schwanz zu verknoten, weil er sich dadurch ein bisschen Spaß in seinem langweiligen Leben erhoffte, und er schlich also eines Nächtens in den Stall des Bauern, dessen Name hier nicht verraten werden soll, da mit der Veröffentlichung dieses Namens das Risiko gerichtlicher Forderungen auftreten würde, was ja keiner der Beteiligten will, ausgenommen vielleicht die Familie des Karl Demiere, die den Bauern und vor allem den Zuchtstier, um den es hier geht, wahrscheinlich nicht in ihr allabendliches Gebet einschließen wird, wobei die Familie des Karl Demiere soweit bekannt ist den Zuchtstier auch vorher nicht in ihre Abendgebete eingeschlossen hat, da sie Nutztiere generell nur äußerst selten in ihre Gebete miteinschloss. Karl Demiere schnappte sich also den Schwanz des Zuchtstieres. Der Zuchtstier erwachte. Der Zuchtstier schnappte sich Karl Demiere. Karl Demiere starb auf dem Weg ins Krankenhaus.

## Konzert

Gruber hatte einen guten Platz bekommen – in der vierten Reihe, ziemlich in der Mitte. Der Blick war gut und auch die Akustik sollte an dieser Position vorzüglich sein. Er hatte extra für diesen Anlass seinen beigen Samtanzug reinigen lassen und führte dieses Prachtstück zum ersten Mal seit sieben Jahren wieder aus. Das Konzert hatte gerade erst begonnen, als es im Bauch von Gruber zu rumoren begann. Zuerst spürte er es nur ganz leicht, aber nach und nach wurde das Rumoren immer lauter und war auch von Grubers Sitznachbarn nicht mehr zu überhören. Das Geräusch aus Grubers Unterleib war nicht laut genug, um das Konzert zu stören, aber es trübte den Hörgenuss in seiner unmittelbaren Umgebung doch beträchtlich. Vor allem der linke Sitznachbar Grubers blickte erbost in Richtung des akustischen Epizentrums in den Sitzreihen des Publikums. Für Gruber begannen jetzt auch noch Schmerzen, Krämpfe ließen ihn sich zusammenkrümmen. Es war fürchterlich und spätestens jetzt war Gruber der unbeabsichtigte Mittelpunkt des Maultrommelkonzertes.

Die Spieler variierten den Rhythmus ihrer Stücke, um im Takt mit den gruberischen Krampfanfällen zu bleiben. Nun war es ein ergreifendes Gesamtkunstwerk, das sich im Stadttheater Gmunden abspielte. Als Gruber vor dem letzten Stück zusammenbrach und regungslos am Boden lag, ließen auch die Musiker ihre Instrumente ruhen. Ein Arzt im Publikum lief zu Grubers Platz, konnte aber nur mehr seinen Tod feststellen. Somit war auch für die Musiker das Konzert zu Ende. Musiker und Publikum spendeten sich gegenseitig Applaus, Gruber war bereits abtransportiert worden.

## Kornfeld

Es war einmal der kleine Müllersjunge Kornfeld, der pfeifen konnte wie kein anderer. Schon von weitem hörte man Kornfelds Melodien, die er unentwegt durch seine gespitzten Lippen klingen ließ. Fast alle mochten Kornfeld deswegen – ausgenommen der Metzgermeister Lieblich. Dieser geriet schon aus dem Häuschen, wenn er Kornfeld von weitem pfeifen hörte. Da aber Kornfeld nicht nur gut, sondern auch ständig pfiff, hörte ihn Lieblich praktisch immer. Und wenn er ihn nicht hörte, bildete er sich ein ihn zu hören. Dies machte Lieblich schließlich so verrückt, dass er beschloss Kornfeld mit seinem Metzgermeistermesser die Lippen abzuschneiden. Das tat er dann auch und seitdem pfeift Kornfeld nicht mehr. Fast allen im Dorf fehlten die fröhlichen Melodien, die der kleine Müllersjunge vor sich hin pfiff. Kornfeld begann nach dem Zwischenfall stattdessen, fortwährend mit seinen Händen zu klatschen. Das aber störte den Metzgermeister nicht mehr, weil er inzwischen gestorben ist. Und wenn man Kornfeld nicht inzwischen seine Hände abgeschnitten hat, dann klatscht er noch heute.

# Krutzifix

Ich: Reis.

Du: Mais.

Ich: Reis.

Du: Mais!

Ich: Reis!!

Du: Mais!!

Ich: Reis!!!

Du: MAIS!!!

Ich: REIS!!!

Du: MAIS!!!!

Ich: REIS!!!!

Du (wütend schreiend): KRUTZIFIX, KUKURUZ!!!!!!!!

## Kuba

Der Hase saß fest im Sattel seines gelben Bonanzarades und paffte an seiner kubanischen Zigarre. Die Tabakwaren von der karibischen Insel waren für ihn der größte Genuss, den er sich vorstellen konnte. Er erhielt die Zigarren von seinem aus Kuba stammenden Freund Raul, dem wahrscheinlich einzigen Delfin der Welt, der an Land lebte. Aber das machte niemandem etwas aus, schließlich hatte Raul gute Deutschkenntnisse und brachte den Kindern das Schwimmen bei. Nach einigen Jahren in Europa dachte er kaum noch an Kuba, höchstens an die Zigarren. Aber die erhielt er regelmäßig per Post aus seiner alten Heimat. Und Raul verschenkte einige davon an Freunde wie eben den Hasen. Die Zigarre im Mund hatte auf den Hasen keine positive Wirkung, denn er fühlte sich ein bisschen wie ein Revolutionär und machte Dinge, die er oft im Nachhinein bereute. Diesmal fuhr er mit seinem gelben Rad während einer Treibjagd durch den Wald und wollte die Treiber vertreiben. Es gelang ihm nicht. Es fielen Schüsse. Viele Schüsse. Der Rest ist Geschichte, die Raul gerne bei einem Glas Rotwein und einer Zigarre zum Besten gibt.

## Marquise

„Gerne gebe ich ihnen Bescheid, wenn eine Stellung in unserem Haus verfügbar ist", versicherte die Haushälterin dem transpirierenden Aspiranten am Ende des Gespräches.

Der junge Mann, vor Ehrfurcht erstarrt, bewarb sich um die Stelle eines Briefbeschwerers, was bei der vielen Post, die die Marquise täglich erhält, wahrlich eine schwierige Aufgabe war. „Eines müssen Sie mir jedoch versichern", fuhr die Haushälterin fort, „sollte sich ihre Transpiration nicht auf die augenblickliche, wie ich eingestehe, nicht alltägliche Situation zurückzuführen sein, müssen Sie im Falle einer Einstellung mit Ihrer sofortigen Entlassung rechnen, da die Briefe der Marquise äußerst feuchtigkeitsempfindlich sind." Die Haushälterin hatte es sich zur Gewohnheit gemacht, die Bewerbungsgespräche mit äußerster Strenge durchzuführen und sich somit bei den Bewerbern von Anfang an Respekt zu verschaffen, was bei diesem Aspiranten gut gelungen war. Für Außenstehende sei noch erwähnt, dass es eine außerordentliche Ehre war, in die Dienste der Marquise aufgenommen zu werden, und der Posten eines Briefbeschwerers einer der verantwortungsvollsten im ganzen Haus war.

„Sie besetzen den Eingang zur Welt für die Marquise", sagte die Haushälterin. „Ihre Transpiration könnte aber alle Nachrichten der Außenwelt an die Marquise beschädigen oder gar vernichten, wobei Sie das nur einmal machen könnten, da ich Sie in diesem Falle, wie schon erwähnt, sofort entlassen müsste. Andererseits könnten Sie als Tor zur Welt zu großen Ehren gelangen und Sie wären mit Sicherheit im Falle einer Vermählung der Marquise und in weiterer Folge eines frühen Todes ihres Gatten, Gott behüte uns davor, ein ernstzunehmender Kandidat für die Hand der Marquise. Natürlich ist dieses Szenario weder wahrscheinlich noch wünschenswert, aber ich möchte Ihnen damit nur vor Augen führen, welche Bedeutung Ihrer zukünftigen Stellung zukommen würde."

Der junge Mann schluckte. Er hatte schon so manches von der legendären Marquise und ihrer nicht minder bekannten Haushälterin gehört. Was er aber da vernahm, überstieg seine schlimmsten Erwartungen. Er überlegte sogar, seine Bewerbung um den Posten eines Briefbeschwerers augenblicklich zurückzuziehen, jedoch ließen ihn sein Stolz, seine Neugier und zugegebenermaßen seine Angst vor der Haushälterin Haltung bewahren, was im Falle seiner buchstäblichen Ganzkörperstarre nicht wirklich schwierig war. Schließlich schaffte er es doch, zumindest seine Zunge zu lösen und einen Satz herauszubekommen: „Ich würde mich gerne bei den Briefen der Marquise beschweren", sagte er schließlich mit zitternder Stimme. Die Haushälterin wusste nicht, was sie mit diesem Satz anfangen sollte.

## Max

Max betrat das Esszimmer und spürte, dass etwas Unausgesprochenes in der Luft lag. Die beiden am Esstisch sitzenden Schwestern schwiegen und doch sprachen ihre Augen Bände. Max musterte sie nacheinander, lange, sehr lange, dann sagte er: „Ihr wisst, ich bin euer Beichtvater in allen Lebenslagen, außer im Kontext der katholischen Kirche. Also raus mit der Sprache!" Die Schwestern schwiegen eisern und Max gab ihnen genügend Zeit dazu. Doch mit einem Mal zückte er seine rechte Hand wie einen Colt und schlug Conni mit aller Kraft ins Gesicht. Ein zweites Mal. Ein drittes Mal. Conni blutete an den Wangen und an den Lippen. Sie schrie und beschimpfte Max. Flore stimmte mit ein. Max lächelte. Er hatte die beiden zum Reden gebracht – wie jedes Mal. Dann sah er die Schwestern lange an und sagte: „Ist mir eigentlich egal, was ihr sagen wolltet." Dann ging er und konnte mehr erahnen als hören, wie ihm das Wort „Arschloch" hinterherflog.

## Messias

Der mit Fahrradspeichen gekrönte Hase gab sich gern als Messias der Tiere aus. Obwohl die meisten Tiere ihn für verrückt hielten, segnete er Jäger und Füchse und predigte vom Land der Hasen, in das er bald einziehen würde. Er stand dabei auf einer Feuerwehrleiter und bemühte sich dramatisch zu wirken. Aufgrund seiner wackelnden Löffel gelang ihm das aber kaum und seine Worte machten nicht den Eindruck, den er sich erhoffte. Auch der Jäger Franz Grubstötter war vom Messias der Tiere nicht beeindruckt, er schoss den Hasen Sonntagmorgen und ärgerte sich über die Mountainbiker, als er die Speichen am Kopf des Tieres sah.

## Missbrauch

Regungslos lag der Ziegelstein auf dem Schreibtisch und ärgerte sich, seiner Bestimmung nicht gerecht geworden und als Briefbeschwerer missbraucht worden zu sein. Alle seine Kameraden waren in einer massiven Mauer untergekommen, nur er war im Zuge eines kreativen Anfalles des Sektionschefs auf einem Schreibtisch im Innenministerium gelandet. „Ich bin missbraucht worden", dachte sich der Ziegelstein und beschloss, seiner traurigen Existenz ein Ende zu machen. In einem günstigen Moment sprang er vom Schreibtisch auf die Fensterbank und von dort in die Tiefe. Etwa 180 Zentimeter über dem Boden wurde sein Fall jäh vom schütteren Haupt eines Sektionschefs gestoppt, der den Zusammenstoß nicht überlebte. Der Ziegelstein kam mit Prellungen davon und wurde von Passanten in den nahen Bauschuttcontainer geworfen.

# Mit!

Pünktchen und George spazierten Hand in Hand durch die Wiesen der unerfüllten Träume. Die Schmetterlinge tanzten zu Liedern der Sehnsucht und die Grillen zirpten Melodien flammender Herzen. Endlich erblickte George in erreichbarer Ferne eine Möglichkeit, seine aufkeimenden Bedürfnisse zu stillen. Die beiden näherten sich langsamen Schrittes der Langoshütte und George antwortete auf die entscheidende Frage des Budenbetreibers bestimmt: „Mit Knoblauch!" Pünktchen sah die Erfüllung ihrer durchaus anderen Bedürfnisse in weite Ferne rücken und sie sollte Recht behalten.

## Müsli

Das Nachmittagsmüsli enthielt eine Geheimzutat, die nur Rex kannte. Er war es demnach auch, der nachmittags das Müsli eigenhändig mischte. Er machte dies in einem Eck in der Küche und verdeckte die Zutaten mit der gesamten ihm zur Verfügung stehenden Fläche seines eher schmächtigen Körpers. Geschmacklich unterschied sich das Nachmittagsmüsli praktisch nicht vom Frühstücksmüsli. Es schmecke etwas herber, wie es Rex gerne ausdrückte. Aber im Grunde konnte kein anderer auch nur den geringsten Unterschied ausmachen. Trotzdem machte Rex viel Wirbel um das „herbe Geheimnis", wollte aber die Geheimzutat partout nicht preisgeben. Als er nach Jahren der Geheimniskrämerei krank im Sterbebett lag und ihn niemand nach der Geheimzutat fragte, war das für ihn eine herbe Enttäuschung.

Otto

Der Rossknecht hatte Bauchschmerzen und lag deshalb im Bett, anstatt im Pferdestall das Stroh zu wechseln. Die Bäuerin wunderte sich nicht über den Zustand von Otto, schließlich verspeiste er im Zuge einer Wette dreieinhalb frische Rossknödel. Dazu trank er lauwarmen Kamillentee, um seinen Magen trotz dieses rustikalen Mahls nicht zu beleidigen. Es nützte nichts. Und weil er nicht die geforderten fünf Knödel schaffte, hatte er nicht nur Magenschmerzen, sondern verlor auch noch die Wette und lag wie ein Häufchen Elend in seiner Kammer. Einen Kerl wie Otto sah man nur selten in einem derart erbärmlichen Zustand.

Die Bäuerin brachte ihm frischen Kamillentee und redete ihm gut zu. Da sie es war, die die Wette gewonnen hatte, konnte sie sich ein ansatzweises Grinsen kaum verkneifen, aber Otto nahm das zu seinem Glück gar nicht wahr. Sie freute sich schon darauf, wenn Otto seine Wettschuld einlöste und einen Monat lang mit lackierten Fingernägeln und dick aufgetragenem Lippenstift seine Arbeit im Stall erledigte. Sie dachte sogar ernsthaft daran, als sie sich das Bild von Otto vorstellte, sich nur für diesen Zweck eine Videokamera anzuschaffen. Aber beim nächsten lautstarken Würgen des

Rossknechtes verflogen diese Gedanken und kamen erst am Abend wieder zurück.

Nach zwei Tagen ging es Otto wieder besser und er konnte bereits normale Nahrung zu sich nehmen. Das Päckchen Kamillentee war fast aufgebraucht und Otto wollte es gerade vom Tisch räumen, als er einen flüchtigen Blick auf das Ablaufdatum auf der Packung warf. Und da sah er es: Der Tee war bereits vor Monaten abgelaufen. Otto war glücklich, denn damit glaubte er den wahren Grund für seine Unpässlichkeit entdeckt zu haben. Der Rossknecht nahm sich fest vor, die nächste Wette zu gewinnen.

Patterno

„Reden ist Silber, Schweigen ist Gold", dachte sich Hubert Patterno. Er wurde soeben von einem schneeweiß bekleideten Schornsteinfeger nach dem Weg ins Radieschenparadies gefragt und dabei unmissverständlich angelächelt. Auch ein kaum wahrnehmbares Zwinkern war dabei, war sich Patterno sicher. Selbstverständlich hätte er dem Fragenden eine Antwort geben können, sogar eine zufriedenstellende. Er hätte den Rauchfangkehrer auch direkt ins Radieschenparadies bringen können, schließlich hatte er seine Fliegenklatsche dabei. Aber Patterno löste die Situation wortfrei und spielerisch. Er nahm ein Blatt Papier und schrieb darauf: „Weißes Blatt Papier gut. Weißer Schornsteinfeger nicht gut. Lebt gefährlich." Patterno widmete sich wieder der Pflege seines Stehkalenders. Wenige Minuten später sah er aus dem Augenwinkel, wie ein älterer Haushälter dem Schornsteinfeger mit voller Kraft den Stiel eines Fliegenklatschers in die Halsschlagader rammte. Das Blut floss in Strömen, der schneeweiße Schornsteinfeger wurde zum blutroten Schornsteinfeger und der ältere Haushälter zum Wegweiser ins Radieschenparadies. Hubert Patterno war sprachlos.

## Ringe

Es war eine sternenklare, eiskalte Nacht. Kein Auto war unterwegs und zu hören war nur das Knirschen des Schnees. Er wollte warten, bis er zu Hause war, aber der Druck wurde zu groß und er musste sich auf der Stelle erleichtern. Weil er nicht auf dem Gehsteig urinieren wollte, stellte er sich mitten auf die Straße und drehte sich beim Pinkeln mehrmals im Kreis. Dann machte er sich schnell auf den Weg nach Hause, weil er zu frieren begann. Als er am nächsten Tag einkaufen ging und an eben jener Stelle vorbeikam, sah er auf der Straße ein riesiges, blassgelbes Audi-Logo. Sein Urin hatte sich festgefroren und ergab das Markenzeichen mit den vier Ringen. In diesem Augenblick wusste er, dass er Künstler, Autoverkäufer oder Schneeprunzer werden wollte.

## Ruhe

Auf der Pondarosa herrschte Hektik. Völlig überraschend wurden Fury und Lassie gesehen, die zweifelsohne in eine andere Fernsehserie gehörten. Little Joe wollte keine Lösung für diese außergewöhnliche Situation einfallen, also fragte er Hoss um Rat. Sein älterer, durchaus fülliger Bruder wusste keinen Rat, brachte aber ein Wagenrad. Little Joe war damit nicht geholfen, er war ratlos wie zuvor. Schlussendlich hatte Adam die glorreiche Idee, sowohl Fury als auch Lassie zu rädern. Somit war auf der Pondarosa wieder Ruhe eingekehrt.

## Schneider

Vergangenes, Mitvergangenes, Vorvergangenes – alles muss dokumentiert werden, dachte sich Schneider, alles. Kein Pünktchen darf ausgelassen werden, Vollständigkeit zählt, nur Vollständigkeit ist von Bedeutung, dachte sich Schneider. Alles Unvollständige ist fehlerhaft und somit völlig unbrauchbar im Allgemeinen und absolut unbrauchbar für meine Zwecke, dachte sich Schneider. Schneider dachte sich, dass nur er imstande sei, Vollständigkeit und somit Fehlerfreiheit zu gewährleisten. Wer, dachte sich Schneider, wer außer mir könnte eine Aufgabe wie diese ausführen, vollständige Aufzeichnungen anzufertigen, vollständige und somit fehlerfreie Aufzeichnungen. Diesen Gedanken verfolgte Schneider nicht ohne Stolz, schließlich war er ausgewählt worden, diese Aufgabe zu erfüllen. Natürlich hätte er sich auch freiwillig dazu gemeldet, aber diese Entscheidung lag nicht in seiner Hand. Trotzdem fiel diese Entscheidung genau in seinem Sinne. Außer ihm besitzt keiner die Fähigkeit und vor allem Zähigkeit, dachte sich Schneider, eine vollständige Bestandsaufnahme von Vergangenheit, Mitvergangenheit und Vorvergangenheit durchzuführen.

Schneider ging früh schlafen und nahm sich vor, sich ab dem ersten Tag völlig seiner neuen Aufgabe zu verschreiben. Er träumte von riesigen Lücken in seiner Dokumentation. Es war ein Albtraum.

Sicher

Die Gesichter der Hasen waren kaum von denen der Füchse zu unterscheiden, so gut waren die Verkleidungen am Faschingsdienstag. Trotzdem waren die Hasen besorgt, von den Füchsen gefressen zu werden. Aus diesem Grund hatte jeder der verkleideten Hasen nach dem Abendessen mindestens sieben Zehen Knoblauch zu sich genommen. Dadurch erhofften sie sich, ihre natürlichen Feinde auf Sicherheitsabstand halten zu können. Die Hasen hatten aber nicht mit der Schläue der Füchse gerechnet, die sich Wäscheklammern auf ihre Nasen steckten und erstickten.

## Spiegel

Zum ersten Mal in seinem Leben betrachtete sich das Nashorn in einem Spiegel. Und auch wenn dieser schmutzig und das Tier von Natur aus kurzsichtig war: Das Rhinozeros war von dem spitzen Ungetüm auf der eigenen Nase entsetzt. Die Gazelle bemerkte die Fassungslosigkeit seines schwergewichtigen Kumpanen und fragte, ob ihm denn sein Horn nicht gefalle. „Mach es weg", brummte der Dickhäuter in befehlendem Ton. Also holte sich die Gazelle im nächsten Baumarkt eine Kettensäge und schnitt dem Nashorn sein namensgebendes Teil aus dem Gesicht – nicht ohne vorher vorschriftsmäßig Helm und Arbeitshandschuhe angezogen zu haben. Nach der erfolgreichen Operation, man könnte sie auch als Amputation bezeichnen, spielten die beiden eine Runde Federball und schafften es, den Ball siebenunddreißigmal hin- und herzuschießen. Das Nashorn freute sich über diesen Rekord.

## Strom

Der Starkstrommast stand da wie eine stolze Eiche. Mächtig und mit ausladenden Armen warf er seinen langen Schatten auf das kleine Häuschen des Postenkommandanten. Quasi über Nacht hatte man ihm das stählerne Ungetüm in seinen Garten gestellt. Seine Freude darüber hielt sich in sehr engen Grenzen, man könnte auch sagen, dass er den Starkstrommast hasste. Aber jetzt, wo er einmal da stand, konnte man ihn ja nicht mehr wegzaubern, überlegte sich der Postenkommandant. Aber man könnte ihn zumindest etwas behübschen, setzte er seinen Gedankengang fort. So begann er, den Starkstrommast in seinem Garten kilo- und bald tonnenweise mit Lichtern, Lametta und allerlei Firlefanz zu behängen. Er steigerte sich in diese Aufgabe mit krankhaftem Eifer hinein und wendete sein gesamtes Vermögen für das Schmücken des stählernen Riesen auf. Irgendwann wurde der Ballast zu schwer und der Starkstrommast stürzte auf das Häuschen des Postenkommandanten, der damit vor dem Nichts stand. Er fuhr geistesgegenwärtig zum Posten und startete dort das gemeindeeigene Notstromaggregat.

Tanz

Der Hase gab dem ungarischen Tänzer noch den Todes-
stoß und verschwand dann auf dem Parkplatz des Ein-
kaufszentrums. Als die Polizei eintraf, war er schon
längst über alle Berge. Die Ordnungshüter waren beim
Anblick der Leiche entsetzt über die Brutalität, mit der
der Hase vorgegangen war. Offenbar hatte er dem Tänzer mit seinen Zähnen tiefe Wunden an allen Stellen des
Körpers zugefügt und ihn mit einem Karotten-ähnli-
chen Gegenstand erdolcht. Diese Aussagen machten
zumindest Zeugen, die den Zwischenfall aus einiger
Entfernung beobachtet und die Polizei verständigt hatten.

Der rabiate Hase war schon mehrmals in Konflikt mit
dem Gesetz gekommen, jedoch bisher nur durch Eigen-
tumsdelikte. So führte er etwa mit einem Komplizen einen Einbruch bei einem Geschäft für Frisörzubehör
durch und erbeutete 17 Kämme, 38 Bürsten und acht
Trockenhauben. Dass der Hase diesmal Gewalt ange-
wendet hatte, führten die Ermittler auf Streitigkeiten innerhalb der Einbrechergang zurück. Das Opfer war
zwar hauptberuflich Tänzer, stand aber in Verdacht,
mit dem Hasen an mehreren Straftaten beteiligt gewe-

sen zu sein. Allerdings konnte man ihm nie etwas nachweisen. Einmal stand er gemeinsam mit dem Hasen vor Gericht, weil sie angeklagt wurden, einer Kuh das Euter gestohlen zu haben. Die Kuh konnte die Diebe jedoch nicht zweifelsfrei identifizieren, weshalb die beiden im Zweifel freigesprochen wurden. Die Fahndung nach dem Hasen wurde sofort eingeleitet, jedoch fehlt bis heute von ihm jede Spur. Der ungarische Tänzer wurde eingeäschert und seine Asche gemeinsam mit Paprikapulver zu einer bis heute beliebten Gewürzmischung verarbeitet.

Teller

Ich: Ich kann das Schnitzel auf diesem Teller nicht essen, bevor ich nicht weiß; ob es DAS Teller oder
DER Teller heißt.

Du: Auf jeden Fall ist es DEIN Teller.

Ich: Was uns der Lösung unseres Problems keinen
Deut näher bringt.

Du: Fest steht, dass es DIE Teller heißen muss, wenn
wir von deinem und meinem Teller im Verein
sprechen.

Ich: Na wenigstens sind im Plural die Fronten geklärt.

Du: Das sollten wir ausnützen.

Ich: Interessante Idee.

Du: Wenn wir DIE Teller übereinander stapeln, die
Schnitzel auf DIE Teller legen und gemeinsam von
DEN Tellern essen, können wir dieses gemeine
Teller-Wort überlisten.

Ich: Genial!

Tränen

Als Luis in der Trafik den Lottoschein ausfüllte, malte er sich bereits aus, was er mit dem gewonnenen Geld machen würde. Luis war kein Träumer, er war Realist. Also rechnete er nicht mit einem Sechser, sondern mit einem Dreier und dem Gewinn von ein paar Euro. Sein erster Gedanke war, das gewonnene Geld ganz einfach im Gasthaus auf den Kopf zu stellen. Dass sich nicht einmal ein richtiger Rausch ausgehen würde, trübte aber seine optimistische Stimmung augenblicklich. Also musste eine andere Verwendung für den potenziellen Gewinn her. Eiskaffee! Wie lange hatte Luis schon keinen Eiskaffee mehr getrunken.

Es war vor rund 20 Jahren, als er der blonden Gitta den Hof gemacht und mit ihr im cafe2k mehrere Eiskaffees geschlürft hatte. Er konnte sich daran erinnern, dass Gitta trotz des kühlen Getränks eine einsame, glänzende Schweißperle an ihrem Hals hinuntergekullert war. Als Luis den Weg der Schweißperle nach unten mit großen Augen wie gebannt verfolgt hatte, war Gitta empört aufgestanden und hatte ihr halb volles Glas Eiskaffee stehen gelassen. Luis hatte es nicht gewagt, das Glas zu berühren, geschweige denn es zu leeren. Als er es auch nicht hatte bezahlten wollen, hatte der Kellner eine andere Meinung gehabt und Luis hatte den unmissverständlichen Worten des Kellners durchaus etwas abgewinnen können. Er hatte im Grunde keine Wahl gehabt, denn der Kellner hatte etwa das Eineinhalbfache an Muskelmasse in die Diskussion eingebracht, die eigentlich keine war.

Luis erinnerte sich nicht gerne an diesen Tag. Trotzdem sollte es also Eiskaffee sein, den er sich von seinem Lottogewinn kaufen würde. Zufrieden ging er nach Hause und dachte noch einmal an Gitta. Als die Lottozahlen gezogen wurden, stellte Luis fest, dass er seinen Lottoschein verloren hatte. Er war abwechselnd zornig und traurig und entschied, die Tränen einfach laufen zu lassen. Sie kullerten ihm über die Wange und eine Träne schaffte es sogar bis zum Hals. Er musste wieder an Gitta denken und die Tränendrüsen nahmen ihre Arbeit erst so richtig auf – bis es an der Tür klingelte. Luis' Nachbar hatte tatsächlich den Lottoschein gefunden. Luis war, immer noch mit tränennassen Augen, überglücklich. Nachdem er aufgeregt die Zahlen kontrollierte, stellte er fest, dass er keine einzige Zahl richtig angekreuzt hatte. Es war wie jede Woche.

## Trübe Stimmung

Die Krähe sah sich im Bestattungsinstitut um, weil sie durch den Tod des Eichkätzchens in trüber Stimmung war und in diesem Gemütszustand schwelgen wollte. Welchen passenderen Ort als ein Bestattungsinstitut schien es dafür zu geben, dachte sie sich. Sie rechnete jedoch nicht mit Gerlinde Huber, die die Krähe entdeckte und nach ihren Wünschen fragte. Dabei war Fräulein Huber nämlich so fröhlich und gut gelaunt, dass der Krähe die trübe Stimmung sofort wieder verflog. Sie interessiere sich für das Einäschern, spielte der schwarze Vogel den interessierten Kunden. Gerlinde Huber erklärte ihr bestgelaunt den Vorgang des Verbrennens und konnte nicht verheimlichen, dass ihr das Thema am Herzen lag. Die Krähe konnte so viel gute Laune nicht ertragen, flog über Gerlinde Huber und entleerte ihren kleinen Krähendarm über ihr. Da verging auch Fräulein Huber das Lachen – die Laune der Krähe besserte sich jedoch schlagartig und sie flog zurück in den Wald.

## Unauffällig

Der Mann mit dem Besen in der Hand fiel trotz seines Vollvisierhelmes, den er Tag und Nacht trug, nicht weiter auf. Man sagte sich, dass er ihn auch während der Dusche nicht abnahm. Bei einem Motorradtreffen sind Männer mit Vollvisierhelmen nichts Außergewöhnliches, aber der Mann befand sich nicht auf einem Motorradtreffen, sondern auf einer Trachtenhochzeit. Er stand neben der Tanzfläche und schunkelte im Takt mit der oststeirischen Blasmusik. Die Tatsache, dass er völlig nackt war, machte seine Erscheinung noch ungewöhnlicher, aber aufgrund seiner winzigen Körpermaße blieb er unentdeckt, bis ihn eine Katze fraß. Sie spuckte Helm und Besen wieder aus.

Vorbei

Jetzt ist das Gröbste vorbei. Gott sei Dank. Endlich sind wir über dem Berg. Es wurde auch langsam Zeit. Ich bin ja wirklich kein ungeduldiger Mensch – im Gegenteil. Wenn jemand hier das Etikett „geduldig" verdient, dann bin ich das. Und das mit vollem Recht. Welcher andere hätte es am Sonntag ertragen, so endlos lange auf den Zug zu warten? Auf den Zug, der letztendlich nie gekommen ist. Aber ich habe Geduld bewiesen. Ich war ruhig und habe gewartet. Stundenlang bin ich am Bahnhof gesessen und habe gewartet. Und dabei habe ich keine Miene verzogen. Das nenne ich Geduld. Nur so viel dazu. Mir kann wirklich niemand vorwerfen, ich sei ungeduldig.

Aber jetzt, aber jetzt bin sogar ich froh, dass wir den größten Brocken hinter uns haben. Jetzt kann es nur noch besser werden. Was heißt hier eigentlich „kann"? Es muss besser werden, ja, es muss. Sonst werde ich wirklich bald böse. Und das, obwohl ich die Geduld in Person bin. Natürlich wird es jetzt besser werden. Wenn es noch ein paar Tage so weiter geht, dann schlage ich ein Donnerwetter. Ja, dann stehe ich auf und sage: „So geht's nicht!" Ganz genau. „So geht's nicht!", werde ich sagen. Dann werden sie natürlich sagen: „Sei nicht immer so ungeduldig!" Ganz genau, das werden sie sagen. Dann erzähle ich ihnen aber die Geschichte vom Sonntag. Ha! Von wegen ich und Ungeduld. Ich bin schon gespannt, ob es jetzt wirklich besser wird. „Das Gröbste ist jetzt vorbei", haben sie gesagt. Das kann man natürlich leicht sagen, wenn man sich die Hände nicht schmutzig machen muss. Aber wehe! Wehe, es geht noch länger so weiter. Dann wird's sogar mir zu bunt.

## Weihnachten 1

Das Päckchen, das Ludwig zu Weihnachten von seinen Eltern erhielt, wog verdächtig wenig. Ludwig wünschte sich eine E-Gitarre, die er offensichtlich nicht erhalten würde. Ein Gutschein könnte den Abend noch retten, hoffte Ludwig. Doch es kam anders. Im Päckchen, das eher ein Briefchen war, befand sich ein Gutschein für eine „nagelneue" Luftgitarre. Ludwig wusste nicht, wie er auf dieses Geschenk reagieren sollte. Im ersten Reflex kam ihm ein leises „Danke" über die Lippen, doch das bereute er wenige Augenblicke später, als ihm klar wurde, dass ihn seine Eltern wieder einmal verarscht hatten.

## Weihnachten 2

Ludwig hatte sich für seine Eltern etwas Besonderes ausgedacht: „Packt doch euer Geschenk aus." Unter dem dürftig geschmückten Baum lag ein mit rotem Geschenkpapier umwickeltes Etwas. Seine Mutter hob das Paket auf und hantierte ungeschickt mit der Verpackung herum. Ludwigs Vater wurde ungeduldig und wollte das Geschenk aus den Händen seiner Frau reißen – was ordentlich misslang. Das Paket fiel zu Boden und man hörte ein lautes Klirren. Als nun seine Mutter, der Vater hatte sich verärgert wieder auf seinen Lehnstuhl zurückgezogen, endlich die Verpackung entfernt hatte, fand sie in der Schachtel ein Meer von Scherben. Ludwig verriet seinen Eltern nie, welches Objekt sie zerstört hatten.

## Wiesingerstraße

In der Wiesingerstraße stand nur ein einziges Haus und das war eine verwitterte Hundehütte, die das Wort Haus eigentlich nicht verdiente. Dem Briefträger war das egal, denn obwohl die Hundehütte leer stand, lieferte er dort jede erdenkliche Postwurfsendung ab. Er warf sie über den niedrigen Gartenzaun und traf die Hütte in den meisten Fällen – das waren jene Tage, an denen er zum Gabelfrühstück nicht mehr als drei Klare getrunken hatte. Jedenfalls wuchs der Papier- beziehungsweise Prospektberg neben der Hütte beträchtlich und eines Tages machte sich beim Briefträger das Gefühl breit, dass seine Dienste hier nicht gebraucht wurden. Also stellte er von diesem Tag an die Zustellung sämtlicher Prospekte an die Wiesingerstraße 13 ein.

Es fiel ihm nicht leicht, seine inzwischen jahrelang gleiche Route zu verändern. Denn ohne den Abstecher in die Wiesingerstraße war seine Tour nicht mehr richtig rund, wie er es ausdrückte. Also fuhr er ein, zwei Wochen später doch wieder in die Wiesingertraße, um in gewohnter Weise eine Hand voll Prospekte vor beziehungsweise auf die Hütte zu werfen. Schon am Weg in die Wiesingerstraße hatte er ein seltsames Gefühl – und dieses sollte sich bestätigen. Sämtliche Prospekte waren verschwunden und auf die Hütte hatte jemand mit roter Farbe in großen Lettern „keine Werbesendungen" geschrieben. Der Briefträger stand zögernd vor dem Gartenzaun, der sich nicht verändert hatte. Dann suchte er nach einem offiziellen, von der amtlichen Post genehmigten „Werbeverzichts-Aufkleber" an Hütte und Zaun. Als er einen derartigen Aufkleber nicht entdecken konnte, warf er seine Prospekte wie früher über den Zaun zur Hütte. „So leicht kommt ihr mir nicht davon", dachte er sich auf dem Weg nach Hause und lächelte. Der Briefträger war wieder im Lot.

# Wunder

In Geraltstein war es üblich, ertappte Ladendiebe nicht bei der Polizei anzuzeigen, sondern durch die geschlossene Glastür ins Freie zu befördern. Die meisten Übeltäter zogen sich dadurch beträchtliche Schnittwunden an allen möglichen Körperteilen zu. Aber sie entgingen dadurch einer polizeilichen Anzeige, was für viele die Schmerzen mehr als aufwog. Als eine Stubenfliege dabei ertappt wurde, in einem Elektrogeschäft ein Mikrowellengerät zu entwenden, sollte auch hier die übliche Prozedur durchgeführt werden. Es wollte dem Geschäftsführer aber nicht gelingen, die Fliege durch die geschlossene Tür zu werfen. Er hielt das für ein Wunder und schenkte der Fliege Mikrowellengerät und Freiheit. Die Fliege, die schlau genug war, um zu wissen, dass ihr Körper nie eine geschlossene Tür durchbrechen könnte, setzte nun gezielt auf den Wunder-Trick. So ergaunerte sich das schlaue Insekt fast den gesamten Hausrat für ihre Dachgeschosswohnung. Als die ersten Geschäftsleute misstrauisch wurden, verkaufte es alle Gegenstände und flog mit prall gefülltem Portemonnaie nach Mallorca, wo es sich niederließ.

Wurst

Die Weißwurstparty fand erstmals nicht im gemeinde-
eigenen Mehrzwecksaal, sondern im Galasaal des ehr-
würdigen Hotels Krone statt. Das neue Ambiente hatte
auf die Stimmung der Besucher keinerlei Auswirkung
– sie war ausgelassen wie eh und je. Wie gewohnt nahm
es der pensionierte Kapellenrestaurator in die Hand,
alle Gäste persönlich zu begrüßen. Bei dieser Gelegenheit ließ er wie üblich keine Gelegenheit ungenützt, den
Damen auf den Po und andere exponierte Körperteile
zu grapschen. Und wie alle Jahre erntete der ehemalige
Restaurator eine zweistellige Anzahl von Ohrfeigen,
doch wurde dieses Jahr der Rekord von 2009 nicht ge-
brochen. Viele der weiblichen Gäste und deren männli-
che Begleiter hatten es satt, in das zerfurcht-frivole Gesicht des alten Mannes zu schlagen. Nach dem obliga-
torischen Ärgernis bei der Begrüßung war aber Party
angesagt, die Weißwürste tanzten Polonäse und schun-
kelten zu bayrischer Blasmusik. Vor Mitternacht war
der Spaß aber zu Ende – zumindest für die Würste. Sie
wurden bei lebendigem Leib gehäutet und mit Weiß-
bierbegleitung verzehrt.

Über Buchtalent

Die 2013 gegründete Plattform Buchtalent verknüpft auf innovative Art und Weise Self-Publishing und klassisches Verlagswesen miteinander. Die Geschäftsidee beruht auf der Erkenntnis, dass nur etwa jedes 200. bei Verlagen eingereichte Manuskript veröffentlicht wird. Dadurch entgeht vielen Verlagen die Möglichkeit, Autorentalente zu entdecken. Die Autoren ihrerseits haben nur eine geringe Chance auf eine Veröffentlichung.

Buchtalent ist eine Initiative der tredition GmbH aus Hamburg. Seit 2006 bietet tredition Autoren, Verlagen und Unternehmen Dienstleistungen und Lösungen rund um die Buchpublikation an.

tredition ist darauf spezialisiert, durch das Optimieren von Auflagenmanagement, Vertrieb und Abrechnungswesen die Erträge für Verlage, Unternehmen und Autoren zu maximieren.

Über den Autor

Theo Hossmann wurde an einem regnerischen Montagmorgen aus dem Unterleib seiner Mutter gepresst. Ort und Jahr dieses Spektakels, das sein Leben für immer veränderte, will er nicht bekanntgeben. Schon als Kind übte sich Hossmann in der Kunst des Fabulierens, aber erst als junger Erwachsener begann er zu schreiben. Theo Hossmann lebt und arbeitet dort, wo man ihn nicht vermutet.

Zeitfracht Medien GmbH
Ferdinand-Jühlke-Straße 7
99095 Erfurt, Deutschland
produktsicherheit@kolibri360.de